F. Ortoli

Petit-Doigt

LES CONTES DE LA VEILLÉE

F. ORTOLI

PETIT DOIGT

DESSINS DE

C. Robert KEMP

PARIS

LIBRAIRIE PICARD-BERNHEIM ET Cⁱᵉ

11, RUE SOUFFLOT, 11

PETIT DOIGT

PETIT-DOIGT

L A pauvre femme! tous les jours elle faisait la même prière, et depuis dix ans elle n'avait pas encore d'enfants. C'était un chagrin qui la minait sourdement. Pour elle, aucun plaisir, et les heures s'écoulaient sombres et tristes à la monotone horloge d'un cœur désespéré.

Un matin où le soleil était clair et beau et que la brise parfumée lui apportait les voix argentines d'une troupe de joyeux bébés s'amusant sur l'herbe fleurie, l'épouse infortunée murmura tristement :

— Ah! si j'avais une petite fille, comme je serais heureuse! Il me suffirait qu'elle fût aussi grande que mon petit doigt.

— Dans un an, tu seras satisfaite, répondit une voix mélodieuse qui semblait venir du haut de la maison.

— Qui donc a parlé? s'écria la femme étonnée; si c'est

un génie qui m'apporte une aussi bonne nouvelle, qu'il soit béni!

Mais elle ne vit, n'entendit plus rien.

Un an après, cependant, l'heureuse mère eut une petite fille, mais si petite, si petite que jamais il n'en fut de pareille. C'est même pour cette raison qu'on l'appela Ditu Migniulellu ou Petit-Doigt.

Jamais naissance n'eut lieu sous de meilleurs auspices. Debout dans la chambre de l'heureuse mère, assises dans de larges fauteuils, étendues sur de moelleux tapis, de tous côtés se montrèrent à l'instant de jeunes et gracieuses dames aussi belles que puissantes. Les unes étaient habillées de soie brodée d'or, les autres de velours grenat lamé d'argent, celles-ci d'une étoffe mille fois plus légère que la gaze, et celles-là d'un chaud rayon de soleil.

A la vue de ces merveilleuses beautés, magiciennes incomparables, reines des eaux et de l'air, la mère de Ditu Migniulellu eut comme un éblouissement.

— Que voulez-vous? leur dit-elle enfin, avec son plus doux sourire.

La première des fées s'avança :

— Je désire que Petit-Doigt soit si belle, si belle, que jamais au monde on ne puisse trouver sa pareille.

— Et moi, dit une autre, je lui donne une voix si douce et si agréable, que lorsqu'elle chantera, les oiseaux se tairont sur leurs branches, la source arrêtera son doux murmure et les fleurs, ensevelies sous l'herbe, se hausseront sur leurs tiges pour mieux écouter.

— Avant de la faire chanter, beaucoup plus utile est, je pense, de lui donner dès aujourd'hui le don de la parole; parlez donc, ma chère enfant.

— Merci, madame, merci ! dit aussitôt le gentil bébé,

— Et toi, belle fée, que lui donnes-tu ? demanda la mère de Petit-Doigt à la plus belle des magiciennes qui, jusqu'alors, s'était tenue à l'écart.

— Rien pour le moment ; toutefois, je viendrai au secours de votre fille quand elle m'appellera, ou que le besoin s'en fera sentir.

Celle-ci ayant parlé, toutes les fées disparurent à l'instant, et la mère de Ditu Migniulellu resta seule avec son enfant qui bavardait le plus gentiment du monde.

— Bonjour, ma bonne petite mère ; comme tu es pâle ! veux-tu me donner ce grand bonnet aux rubans roses ?

— Mais certainement, mon petit ange ; tiens, le voici. Et la mère essaya de le lui mettre sur la tête.

Ah ! que Ditu Migniulellu était donc petite ! tout entière elle disparut sous la coiffe.

La pauvre mère s'aperçut alors avec chagrin qu'elle avait oublié de demander aux fées de rendre sa fille un peu plus grande.

Pourtant elle se dit :

— Ma mignonne n'a qu'un jour à peine, je suis bien sûre que, dans un an ou deux, elle sera tout aussi grande que les enfants de son âge.

Malheureusement, Ditu Migniulellu resta toujours la même, et, à seize ans, elle n'était pas plus haute que mon pouce.

Sa maman, qui auparavant l'aimait beaucoup et avait tant souhaité sa naissance, la détestait maintenant. Elle ne pouvait plus seulement la voir.

Un jour, elle pensa :

— Que puis-je faire d'une semblable poupée? elle ne sait pas travailler et se noierait dans un verre d'eau!

Et comme la mère de Petit-Doigt se trouvait dans le jardin, apercevant une vieille marmite, elle jeta sa fille dedans et s'en alla.

— Oh! la méchante! fais-moi sortir, retire-moi, je suis si mal en ce lieu!

Mais la mère dénaturée était déjà bien loin.

La petite fille prit son mal en patience et, pour se distraire, elle se mit à chanter.

A ce moment, le fils du roi vint à passer.

Il écoute, avance, recule de quelques pas, et reste ravi d'admiration.

— Qui donc peut chanter si délicieusement? se dit le prince, je jure que si c'est une femme, je l'épouserai.

Et il pénétra dans le jardin d'où la voix semblait partir.

Ditu Migniulellu continua sa chanson :

> Je suis une fille
> Qui chante, qui chante,
> Je suis une fille
> Qui chante toujours.

— Ah! quelle divine mélodie! si cette enfant-là chante souvent, on doit être heureux de l'entendre toujours!

> Ma mère méchante
> M'a jetée ici,
> Ma mère méchante
> M'a jetée ici.

— Mais où donc peut se cacher cette charmante personne? Oh! j'en mourrai si je ne la trouve!

> Elle est à tes pieds
> La charmante fille,
> Elle est à tes pieds
> La charmante fille !

— Où, à mes pieds ? il n'y a ici que cette méchante marmite.

Et le prince, en colère, la brisa d'un seul coup.

Ditu Migniulellu en sortit aussitôt.

— Hé ! bonjour, mon cher monsieur, comment allez-vous ?

— Le mieux du monde, ma belle enfant, mais, dis-moi, quelle est cette personne qui tout à l'heure chantait si bien ?

— C'était moi, Petit-Doigt. N'est-ce pas que ma voix est bien claire et bien pure ? On n'en trouverait point de pareille dans tout le royaume.

— Vraiment, tu me trompes, cela n'est pas possible, tu ne peux chanter de la sorte.

— Et pourquoi donc, s'il vous plaît ? Voulez-vous m'écouter encore un petit instant ?

Et Petit-Doigt de chanter :

> Oui, c'est moi la belle fille
> Qui chantais dans la marmite,
> Oui, c'est moi la belle fille
> Qui chantais dans la marmite.

— Tu as raison, jamais je n'ai été ravi à ce point.

— N'est-ce pas que je disais vrai ?

— Oui ; comment t'appelle-t-on ?

— Ditu Migniulellu ou Petit-Doigt, à votre convenance, je vous l'ai déjà dit.

— Eh bien! mon amie, je suis le fils du roi, et j'ai donné ma parole de t'épouser.

— Alors, je serai reine?

— Naturellement.

— S'il en est ainsi, je vous remercie infiniment de l'honneur que vous me faites; soyez persuadé, mon prince, que je serai toujours.....

— Assez, assez, je crois que tu es un peu bavarde et que ta langue seule a grandi.

Et, sans plus de façons, le fils du roi mit Ditu Migniulellu dans sa poche et s'en retourna chez lui.

Mais en route il entendit des cris épouvantables.

— Laissez-moi sortir, j'étouffe dans votre poche! Monsieur mon mari, veuillez m'ôter d'ici!

Le jeune prince se vit obligé de prendre Petit-Doigt et de la porter sur sa main.

Quand il fut arrivé chez sa mère il lui dit:

— Bonne maman, voici la femme que j'ai choisie pour épouse; je veux célébrer au plus tôt mon mariage avec elle.

— Quoi! c'est une petite poupée qui sera la reine? Et que voulez-vous en faire, mon enfant?

— A vous parler franchement je ne l'aime pas beaucoup, mais j'ai juré d'être son époux.

— Eh bien, gardez-la avec vous. Certainement elle ne tiendra pas beaucoup de place.

Le prince agit ainsi. Mais le chagrin et l'ennui ruinèrent sa santé.

Or, un jour qu'il était encore plus triste que de coutume, le fils du roi pensa de la sorte:

— A quoi bon être prince si je dois m'ennuyer comme tout le monde? Je veux donner un bal qui dure trois jours et auquel je convierai les plus belles femmes de tous les royaumes de la terre.

Et aussitôt, se dispersant dans toutes les villes et tous les villages, dans les pays et les contrées, des hérauts partirent avec tambours et trompettes annoncer la fête donnée à la cour.

Au jour fixé, une foule énorme accourut de toutes parts. Les hommes étaient aimables et les femmes charmantes. On se pressait, on se bousculait, tant nombreux étaient les invités.

Mille lampes d'or étaient allumées dans la salle de danse; l'orchestre était au complet; déjà les violons jouaient le prélude de la première valse. On n'attendait plus que le prince.

Celui-ci, dont le palais était à l'autre extrémité de la ville, s'habilla richement et se fit amener son plus beau cheval.

Comme il était sur le point de partir, Ditu Migniulellu vint le trouver.

— Emmenez-moi avec vous! Je voudrais voir ce bal dont on dit tant de merveilles! Emmenez-moi, je vous prie!

— Laisse-moi tranquille! que puis-je faire d'une fille comme toi?

— Mon cher petit mari, je serai si gentille! je ne vous dérangerai en aucune manière, j'irai m'asseoir dans un coin de la salle.

— Allons, retourne à la maison! le temps presse et je ne puis t'écouter davantage.

— Non, je veux aller avec vous.

— Ah! c'est ainsi que tu obéis!

Et le fils du roi la menaça de la bride qu'il tenait à la main.

Les yeux pleins de larmes, la pauvre Petit-Doigt monta chez elle.

La fée, qui à sa naissance ne lui avait rien donné, apparut alors.

— Qu'as-tu à pleurer? ma belle enfant, est-ce le bal qui te tourmente ainsi?

— Oui, ma belle dame.

— Calme-toi, je suis la magicienne qui s'est chargée de ton bonheur.

Et d'un coup de sa baguette enchantée, la bonne fée transforma Ditu Migniulellu en la plus gracieuse jeune fille qu'on pût rêver. Elle était grande, svelte et tout habillée de soie et d'or.

— Maintenant, partons pour le bal!

Et la coquette se vit aussitôt dans un superbe carrosse traîné par dix papillons ailés.

Lorsqu'elles furent arrivées, l'enchanteresse dit à sa compagne :

— Si tu as encore besoin de moi frappe trois fois dans tes mains et je viendrai à ton secours ; n'oublie pas non plus que tu peux te rendre aussi petite que par le passé en disant :

« Que je redevienne Ditu Migniulellu ! »

La jeune fille remercia vivement sa marraine, puis courut dans la salle de bal où tout le monde fut en même temps étonné et ravi à la vue d'une si éclatante beauté.

— Ah ! se dit aussitôt le fils du roi, jamais il n'a existé de plus belle créature; il faut à tout prix que j'en fasse ma femme.

S'approchant alors de Petit-Doigt il lui parla de la sorte :

— Dieu ! que vous êtes charmante, madame. Êtes-vous

Qu'as-tu à pleurer? ma belle enfant, est-ce le bal qui te tourmente ainsi?

de ce royaume? Jamais je ne vous ai aperçue à la cour de mon père.

— Seigneur, je ne suis point de vos États, il ne faut donc pas vous étonner de ne m'avoir jamais vue.

— De quel pays êtes-vous donc?

— J'appartiens au royaume de Bride.

— Merci, ma belle demoiselle. Voilà les violons qui commencent à jouer, voudriez-vous me faire l'honneur de danser avec moi?

— Avec plaisir, dit la jeune fille.

Mais au milieu d'une valse elle pensa tout d'un coup :

« Que je redevienne Ditu Migniulellu ! »

Et aussitôt elle se faufila au milieu des danseurs et disparut.

Le prince fut grandement étonné de cette aventure; il chercha partout la jolie étrangère, mais sans aucun succès.

Et pourtant personne ne l'avait vue sortir.

Ditu Migniulellu courut vite à sa chambre où elle se déshabilla en attendant le prince qui ne tarda pas à rentrer.

— Eh bien! mon ami, comment avez-vous passé la soirée? Vous êtes-vous bien amusé?

— Allons, laisse-moi tranquille.

— Comment, vous êtes en colère? Vous serait-il arrivé quelque chose de désagréable?

— Auras-tu bientôt fini?

— Ah! je suis bien fâchée de vous trouver aussi peu aimable. Voyons, vous ne me dites rien?

— Et que veux-tu que je te dise, méchante bavarde?

— Je le vois, vous êtes bien triste. Je me tais puisque vous le voulez, mais je donnerais volontiers tout mon sang pour faire luire un peu de gaieté dans vos yeux.

Ah ! comme vous me paraissez fatigué ! Sans doute vous avez trop dansé. Demain, je vous en prie, ménagez-vous davantage, vous pourriez être sérieusement malade et j'en serais au.....

— Ventrebleu ! le diable t'écrase ! s'écria le prince courroucé, si tu dis encore un mot je t'étrangle sur l'heure !

Va plutôt me chercher tous les livres de la bibliothèque, puis réveille ma mère, il faut à tout prix que je sache où se trouve le royaume de Bride.

Le fils du roi fut obéi à l'instant.

— Ma mère, où donc est situé le royaume de Bride ?

— Le royaume de Bride ? mon enfant, je n'en ai jamais entendu parler.

L'amoureux se mit alors à feuilleter tous les volumes qu'on lui avait apportés, du commencement jusqu'à la fin, mais dans aucun d'eux il ne trouva ce qu'il cherchait.

Les courtisans, les savants furent interrogés ; personne ne connaissait le pays tant désiré.

Le lendemain, le jeune homme retourna au bal, espérant retrouver la belle inconnue.

Avant qu'il ne montât à cheval Ditu Migniulellu vint de nouveau le trouver et lui dit :

— Je vous en supplie, laissez-moi voir ce bal dont tout le monde parle tant.

— Non, je ne le veux pas ; il ne me manquerait plus que de t'avoir avec moi !

Petit-Doigt monta bravement sur l'étrier, mais le fils du roi la repoussa si brusquement de son éperon que la pauvre petite s'en alla rouler par terre.

Elle se releva tout en pleurs et rentra dans sa chambre.

Bientôt après, s'essuyant les yeux, **Ditu Migniulellu** frappa par trois fois dans ses mains.

La bonne fée parut.

— Que veux-tu?

— Je veux aller au bal; faites-moi encore aussi grande et aussi belle qu'hier.

La puissante magicienne la toucha de sa baguette, et la jeune fille parut à l'instant revêtue d'habits roses.

Quelques moments après, toute resplendissante d'or et de pierreries, elle fit son entrée dans la salle.

Le fils du roi l'attendait avec la plus grande impatience. Aussi, à peine l'eût-il reconnue qu'il courut à elle.

— Ah! madame, vous êtes aussi cruelle que charmante! la nuit dernière vous m'avez trompé; par pitié, dites-moi, de quel pays êtes-vous?

— Je suis du royaume de l'Éperon.

— Je vous remercie, car j'espère aller bientôt vous demander en mariage. En attendant ce jour béni, veuillez accepter cet anneau en souvenir de mon amitié.

— Comment, prince, vous désirez m'épouser? Vous n'êtes donc pas fiancé à la ravissante Petit-Doigt?

— Cela est vrai, mais vous êtes si belle!

— Voudriez-vous donc la quitter?

— Dieu m'en garde! elle chante si bien; mais vous serez ma femme bien-aimée et elle deviendra votre fille d'honneur.

— Adieu, prince, adieu, je suis pressée de partir.

— Je vous en prie, ne sortez pas si vite, je serais si malheureux sans vous!

— Non, non, il faut que je parte.

— Eh bien! alors je vous suivrai partout; jamais je ne vous quitterai.

— Que je redevienne Ditu Migniulellu ! pensa la jeune fille.

Et elle disparut aussitôt.

Le prince se tourna à droite, à gauche, regarda devant, regarda derrière, en haut, en bas, pas plus de Petit-Doigt que si jamais elle n'avait existé. Peu à peu il se désespéra, et, lorsqu'il arriva dans son palais, il était accablé de tristesse.

Ditu Migniulellu qui l'attendait courut à sa rencontre.

— Avez-vous été plus heureux ce soir? Vous me paraissez encore fort en colère, et je crains bien qu'il ne vous soit arrivé quelque chose de désagréable.

— Pars vite et cours me chercher tous les savants qui sont dans cette ville.

Ces messieurs ne tardèrent pas à arriver et le fils du roi leur demanda :

— Quel est celui d'entre vous qui a jamais entendu parler du royaume de l'Éperon?

Personne ne répondit; tout le monde ignorait l'existence de cette nouvelle contrée.

Le prince leur fit alors distribuer toutes sortes de livres afin que chacun pût facilement faire des recherches.

On veilla tout le reste de la nuit, et on ne cessa point de compiler autant que dura le jour; le royaume de l'Éperon demeura inconnu.

Le pauvre amoureux se dit alors :

Ce soir, la belle jeune fille viendra sans doute encore au bal. Il faut qu'elle ne puisse plus m'échapper.

Et, la nuit close, il envoya un grand nombre de soldats et de cavaliers garder toutes les portes du château où la fête se donnait.

Le fils du roi mit ensuite ses plus riches habits, prit sa cravache et déjà se trouvait à cheval, quand Ditu Migniulellu le sourire aux lèvres, toute caressante, vint lui dire gentiment :

— Le bal se termine aujourd'hui, laissez-moi venir avec vous !

— Tu m'impatientes, petite poupée ! allons, sors d'ici !

Mais comme la jeune fille insistait, le fils du roi la frappa de sa cravache et partit au galop.

Ditu Migniulellu monta dans sa chambre et frappa dans ses mains.

A la troisième fois la bonne fée parut.

— Tu veux encore aller au bal ?

— Oui, ma bonne marraine.

Et Petit-Doigt se vit transformée en une belle demoiselle toute parée de soie et de merveilleuses dentelles. Elle avait des bracelets et un collier de diamants, et portait à sa ceinture une écharpe d'or.

— Jamais on n'aura rien vu d'aussi charmant que toi, dit alors la magicienne, va vite au bal, tout le monde t'attend.

Ditu Migniulellu se dépêcha comme bien l'on pense, et un instant après elle fit son entrée au milieu de l'admiration générale.

Le jeune prince alla à sa rencontre.

— Enfin, vous voilà, madame ; comme vous avez tardé ce soir ! Mais, dites, pourquoi me cacher la vérité ? pourquoi disparaître tout d'un coup ? pourquoi enfin, me laisser ignorer le royaume que vous habitez !

— Prince, je suis de l'empire de Cravache.

— Dois-je le croire ? Déjà deux fois vous m'avez

trompé. Mais quel bonheur! Vous portez l'anneau que je vous ai donné hier! Ah! merci, merci mille fois!

Il y avait déjà une heure que le fils du roi causait avec Ditu Migniulellu quand celle-ci disparut tout à coup.

On la chercha de tous côtés ; on interrogea les courtisans, les soldats qui gardaient les portes, aucun ne l'avait aperçue.

Le prince promit alors une grande récompense à celui qui pourrait dire où se trouvait l'empire de Cravache.

De tous côtés on s'informa, on chercha, compulsa les plus vieux livres, mais tout fut inutile. Le malheureux jeune homme tomba gravement malade.

Sa bonne mère, qui venait souvent le visiter, s'en allait toujours en pleurant, désespérée qu'elle était de voir son fils adoré dans un état si lamentable.

Il ne voulait plus ni boire ni manger avant d'avoir retrouvé celle qu'il aimait par-dessus tout.

Ditu Migniulellu vint à son tour et lui dit :

— Laissez-moi faire un gâteau et, si vous me promettez de le manger, je vous ferai retrouver la femme que vous cherchez.

— Va-t'en, petite sotte, où aurais-tu appris le moyen de savoir ce que les fées seules peuvent connaître?

— Ne vous inquiétez pas de cela. Promettez-moi seulement de manger ce que je vais vous offrir et vous serez on ne peut plus satisfait.

— Eh bien! j'y consens; mais prends garde surtout de te moquer de moi, ta mort serait certaine !

Ditu Migniulellu sourit malicieusement, puis demanda de la farine, de l'eau, du beurre, des œufs et confectionna une superbe galette qu'elle fit cuire sous la cendre. Elle avait aussi, la rusée, mis dans la pâte de son gâteau l'anneau que le fils du roi lui avait donné pendant le bal.

Lorsque tout fut prêt, Petit-Doigt envoya la galette par une servante, puis, vite elle se rendit dans sa chambre.

Le prince commença à manger. Quand il fut à moitié, il trouva son anneau qu'il reconnut à l'instant; fou de joie il se mit à crier :

— Ma mère! ma mère !

La reine accourut aussitôt.

— Voyez, dit celui-ci, j'ai retrouvé la bague que j'avais donnée à la belle étrangère; elle doit être dans ce palais; donnez des ordres et qu'au plus tôt on me la présente !

Quelque temps après, Ditu Migniulellu, merveilleuse à voir et toute transformée par la bonne fée, apparut devant le prince.

— Ah! c'est elle, c'est elle, je la reconnais! s'écria celui-ci. Et il battait des mains, et il riait, et il pleurait, ainsi que ferait un pauvre fou.

— Madame, ma bien-aimée, ne m'abandonnez plus ou je meurs !

— Comment donc, mon cher ami, aurais-je le bonheur d'être aimée de la sorte?

— Je vous aime plus que mes yeux, car sans vous c'est la nuit éternelle, je vous aime plus qu'un royaume, je vous aime plus que ma vie!

— Malheureusement, il n'en a pas toujours été ainsi. Bien souvent vous m'avez repoussée, brutalement insultée, vous m'avez battue !

— Moi?

— Oui; et cela ne date déjà pas de si loin, dois-je vous en rappeler le souvenir? Un jour vous m'avez menacée de votre bride; un autre jetée en bas de l'étrier avec l'éperon d'or que vous portiez; une autre fois encore, ma simple présence vous mit en si grande colère que vous vous laissâtes aller jusqu'à me frapper avec la cravache que vous teniez à la main !

— Mais vous m'épouvantez, qui êtes-vous donc? serait-ce Petit-Doigt? car jamais je n'ai repoussé qu'elle de cette façon-là.

— Oui, vous avez deviné, je suis Petit-Doigt, Petit-Doigt qui vous aime et vous pardonne de tout son cœur. Comme vous pouvez le voir, je suis un peu changée il est vrai, mais, à ce que je crois, cela ne doit pas trop vous déplaire.

— Et vous chantez toujours aussi bien?

— Ma voix est toujours la même !

Figurez-vous quelle joie dut éprouver le prince, en se voyant adoré d'une femme aussi accomplie. Cette fois le mariage ne se fit pas attendre, on le célébra le jour même et pendant trente jours et trente nuits ce ne furent que noces et festins !

LES
EXTRAORDINAIRES
AVENTURES
DU RUSÉ
VOLEUR
G.R.KEMP

IL y avait un jour une bonne et sainte femme qui n'avait qu'un fils sur lequel étaient placées toutes ses espérances. Avec amour, elle l'avait vu grandir peu à peu, et, quand le soir elle l'embrassait sur ses joues roses, une pointe d'orgueil lui montait aussitôt au cœur.

— Ah! madame, disaient les commères du voisinage, vous avez là un beau gars!

— Dieu me l'a donné, répondait celle-ci, puisse-t-il toujours protéger mon Pornic!

L'enfant grandit, se développa, et bientôt il atteignit ses quinze ans. Il était fort et robuste pour son âge, malin comme pas un, et n'était jamais si heureux que lorsqu'il pouvait jouer un bon tour à ses camarades.

Un soir, la pieuse femme dit à son fils :

— Mon enfant, tu es en âge de gagner ton pain, et la

paresse ne vaut rien à personne. Dis-moi, quel est le métier que tu désires embrasser?

— Celui de fin voleur, ma mère.

— Sainte Vierge! que dis-tu là? Voyons, mon fils, réfléchis; veux-tu être laboureur ou charpentier, médecin...

— Fin voleur!

— Prêtre ou maçon?

— Je veux être fin voleur!

— Eh bien! mon enfant, j'irai demain prier à l'église, j'invoquerai la madone et ce qu'elle me dira, je le ferai.

— Ha! ha! se dit Pornic, je saurai bien vous attraper, ma mère.

Et le jour suivant, guettant le moment où celle-ci sortait pour aller à l'église, il courut se cacher derrière la statue de la Vierge.

La vieille se prosterna devant l'autel, frappa trois fois le pavé de son front, récita ses plus belles prières, puis enfin demanda en tremblant :

— Bienheureuse mère du Christ, quel état choisira mon gars?

— Fin voleur! fin voleur! répondit une toute petite voix flûtée.

— Tais-toi, petit effronté, laisse parler ta mère! s'écria la bonne femme, qui crut que l'enfant Jésus répondait; ma bonne et sainte Vierge, dites-moi quel métier aura mon gars?

— Fin voleur! répondit Pornic en prenant une voix de femme.

— Que votre volonté soit faite! sainte madone, répondit la pieuse vieille, et elle s'en retourna à la maison.

Pornic fut donc mis en apprentissage chez un maître

voleur qui demeurait non loin de là ; mais bientôt il fit des progrès si rapides, que son professeur, n'ayant plus rien à lui apprendre, le renvoya un beau jour en lui disant :

— Mon garçon, tu iras bien loin si Dieu le permet ; aussi, pour te prouver tout mon contentement, je veux te donner ma fille en mariage.

Pornic fit trois sauts en l'air et se mit à chanter et à danser, tant il était heureux.

La noce eut lieu le jour même, et dès cette heure, chacun le proclama maître ès vols en toutes façons.

Un jour, le fin voleur avait faim ; il se trouvait dans les champs et n'avait absolument rien à manger. Tout à coup, il rencontre une demoiselle, tenant en main un gros morceau de galette.

— Donne-moi un peu de ton gâteau?

— Tu en serais trop content !

— Écoute, voilà un mur qui est à cent mètres ; je marcherai sur ma tête, et toi tu courras sur tes pieds. Si j'arrive au but avant toi veux-tu m'en offrir un morceau?

— De la sorte, je le veux bien.

— C'est dit?

— C'est dit.

Aussitôt, Pornic se mit sur les mains comme pour marcher et fit quelques pas ; à cette vue, la jeune fille, craignant d'être devancée, déposa sa galette sur une motte de terre et s'élança de toutes ses forces.

Arrivée au mur, elle se retourna pour voir où était encore le fin voleur.

Tranquillement, celui-ci s'était assis sur une pierre et tout souriant, finissait la dernière bouchée du gâteau.

— Ah ! méchant Pornic, tu me le payeras !

— A une autre fois, ma belle !

Après maints et maints autres exploits, le fin voleur voulut étendre le champ de ses aventures et quitta son pays.

Un jour il rencontra Jean le Daim.

— Jean, mon bel ami, dis-moi, d'où viens-tu?

— De la foire où j'ai vendu ma vache; mais aujourd'hui elles n'étaient pas bien chères, je n'en ai pu tirer que dix écus.

— Diable, ce n'est pas beaucoup, j'aurais bien acheté ta bête cent francs si tu me l'avais offerte?

— Quoi donc, tu as de l'argent?

— Beaucoup plus qu'il ne m'en faut... pas aujourd'hui cependant, car j'ai laissé ma bourse à la maison... Et pourtant j'aurais besoin de dix écus.

— Je voudrais bien t'obliger, mais nous n'avons plus à la maison qu'un seul pain bis et demain je dois acheter de la farine avec l'argent de la Rousse.

— Ah bah! sois sans crainte. Donne-moi tes dix écus et je t'en rapporterai un beau sac de trois cents livres.

Jean le Daim crut faire un marché d'or. Il donna donc son argent au fin voleur et de plus l'invita à dîner.

— Tu feras maigre chair, dit-il à Pornic, mais nous sommes en carême et certainement Dieu t'en tiendra compte.

Quand la femme de Jean le Daim apprit ce qui était arrivé, elle se mit dans une grande colère et peu s'en fallut qu'elle ne battît son mari. Mais le fin voleur la fit asseoir de force en lui disant :

— Taisez-vous, bonne femme ; Pornic n'a qu'une parole et demain vous serez contente !

Le lendemain, au point du jour, le fin voleur s'en alla à la rivière et remplit un sac de beau sable blanc qu'il mit sur son dos, puis il alla heurter la porte du moulin.

— Ohé ! meunier que Dieu confonde, ouvre donc, ce grand sac de blé me tue !

Le meunier sortit à l'instant.

— Que veux-tu, fin voleur ?

— Il faut moudre à l'instant ce grain, je suis très pressé, car la huche est vide !

— Je ne puis en ce moment.

— Tu t'arrangeras, meunier du diable, le ventre crie et ne peut attendre.

Tout en causant, Pornic entra dans le moulin et déposa son sac à côté d'une dizaine d'autres, tous pleins d'une farine bien blanche et de première qualité.

— Fin voleur ! sors vite d'ici ! s'écria le meunier, aujourd'hui je ne puis travailler pour toi.

Et comme le fin voleur résistait, il alla chercher un gros bâton pour lui faire entendre raison.

En ce moment, profitant de ce que le meunier avait le dos tourné, Pornic, tout en grondant, jurant et sacrant, chargea sur ses épaules un grand sac de farine appartenant au seigneur du pays et revint au plus vite à la maison de Jean le Daim.

— Aimable femme, je vous apporte un beau sac d'excellente farine ; vite à l'ouvrage et faites du pain !

Quelques jours après, le meunier chargea son âne et s'en alla porter au seigneur la farine qu'il lui devait.

Mais la fournière ne put réussir à pétrir le sable qu'on lui avait apporté. Furieuse elle alla se plaindre à son maître. Celui-ci devint rouge de colère.

— Qui donc se moque ainsi de moi? criait-il, je veux couper les oreilles à l'insolent!

Il fit seller et brider son cheval et le voilà qui arrive au moulin.

— Mille démons! sacrebleu! ventrebleu! brigand de meunier! cent fois plus voleur que tous ceux de ton espèce! Qu'as-tu fait de mon sac de blé et pourquoi, en échange, me donnes-tu du sable au lieu de farine?

— Ah! seigneur mon maître, s'écria celui-ci tout épouvanté, c'est bien certainement le fin voleur qui m'aura joué ce vilain tour-là.

Le seigneur n'écouta pas davantage. Il monta sur son cheval sellé et bridé et le voilà parti chez le fin voleur.

Mais celui-ci l'avait vu qui venait, et avant son arrivée il avait eu soin de dire à sa femme :

— Je vais me cacher dans ce tonneau; de temps en temps tu regarderas la bonde, et lorsque je sortirai la pointe de mon petit doigt, tu diras toujours : « Mais oui, monsieur, il sera content. »

— Sois tranquille, mon petit Pornic, répondit la femme; voici le seigneur, cours te cacher.

— Pan! pan! pan!

— Qu'est-ce donc? mon Dieu, qu'est-il arrivé?

— Bonjour, bonne femme, où est ton mari?

— Ma foi, je n'en sais rien; il est parti ce matin en expédition, et je ne sais quand il rentrera.

— Dis-lui que je veux lui parler.

Le petit doigt sortit par la bonde.

— Mais oui, monsieur, il sera content.

— Et qu'il doit me voler, s'il a de l'audace, ma belle vache noire qui est dans l'étable.

—- Mais oui, monsieur, il sera content.

— Dis-lui aussi que s'il se laisse attraper, je ne man-
querai pas de lui rompre les côtes.

— Mais oui, monsieur, il sera content.

—- Comment, il sera content, femme, es-tu folle?

— Content de prendre la vache!

Le soir, le seigneur fit mettre la vache noire dans
l'étable et promit dix écus à deux de ses serviteurs s'ils fai-
saient bonne garde jusqu'au matin.

Ceux-ci jurèrent leurs grands dieux que jamais le fin
voleur ne prendrait la bête, à moins que la foudre ne tom-
bât sur eux.

Toutefois, pour plus de précautions les deux compa-
gnons lièrent la vache par les cornes et chacun d'eux voulut
tenir en main le bout de la corde.

Ils attendirent ainsi jusqu'à minuit étouffant leurs
paroles, respirant à peine.

Le fin voleur, lui, s'était couché devant la porte, épiant
tout ce qui se passait.

Une heure sonna.

— Il fait un froid de loup, dit un domestique; j'aurais bien envie de dormir.

— Je suis comme toi; un bon lit ne me ferait point de
mal.

Au bout de quelques instants, l'autre reprit :

— Le fin voleur ne viendra certainement pas cette
nuit, si l'un de nous allait se reposer? Un seul suffirait pour
garder la vache.

— Oui, et dans deux heures il viendrait relever celui
qui sera resté. Tiens, comme c'est toi qui as eu cette excellente idée, va te coucher le premier!

Celui-ci ne se fit pas prier. Le fin voleur qui était aux aguets se sauva aussitôt et laissa passer le gardien.

Une heure après, Pornic entra dans l'étable.

— Camarade, n'as-tu rien vu ?

— Rien.

— Alors, va vite te coucher ; je vais veiller à ta place.

Celui-ci partit et le fin voleur demeura tout seul dans l'étable. Il prit alors la vache noire et alla l'attacher à côté, dans un champ.

Au bout d'un quart d'heure, le premier gardien arriva.

— Compagnon, l'instant du repos a sonné pour toi ; la vache est-elle là ? Cours vite te coucher !

— Voici la corde que j'ai toujours tenue dans les mains, répondit le fin voleur ; veille bien et prends garde de t'endormir.

— Sois sans crainte, camarade, les dix écus sont gagnés ; surtout n'oublie pas de revenir avant l'aube, car le maître pourrait arriver.

Avant l'aube, en effet, les deux gardiens étaient ensemble et chacun tenait la corde en main lorsque le seigneur entra dans l'étable.

— Ohé ! les amis, dormez-vous ?

— Non, non, maître, nous veillons.

— Le fin voleur est-il arrivé ?

— Il n'aurait pas osé, nous sachant ici !

Il faisait encore bien noir et le seigneur ne pouvait s'apercevoir que la vache manquait. Aussi ajouta-t-il un instant après :

— Voici le jour qui arrive ; allons fêter avec une bonne bouteille la défaite du fin voleur.

— Volontiers, notre maître ; mais avant faisons sortir la Nègre de l'étable.

— Faites si vous le voulez.

Les deux serviteurs tirèrent sur leur corde, mais la vache n'avançait pas.

— Hue ! Nègre, hue ! avance ma belle !

Et ils tirèrent, tirèrent, mais ils eurent beau faire, la Nègre ne voulait point obéir.

Alors le seigneur s'approcha et comme le jour commençait à poindre, il s'aperçut avec rage et désespoir que le fin voleur avait attaché la corde à un anneau scellé dans le mur. Il entra dans une grande colère et voulut étrangler les gardiens, mais ceux-ci jurèrent bien fort qu'ils avaient fait bonne garde, et que Pornic devait être un sorcier pour leur avoir pris la belle vache.

— Eh bien ! dit le seigneur, je verrai jusqu'où va sa magie. Ce soir je veux le confondre.

Il monta à l'instant sur son cheval sellé et bridé et s'en fut tout courant chez le fin voleur.

— Pan ! pan ! pan!

Pornic se cacha dans le tonneau et sa femme alla ouvrir.

— Qu'y a-t-il pour votre service ?

— Ton homme est-il là ?

— Il est parti hier chercher votre vache noire, mais il n'est pas encore de retour.

— Il a su prendre ma pauvre Nègre par la faute de deux imbéciles : cela n'était pas difficile ; mais dis-lui à son arrivée que s'il veut mettre le comble à sa renommée il doit venir ce soir enlever les draps de lit sur lesquels nous serons couchés, ma femme et moi. Parle, le diras-tu?

Le petit doigt sortit de la bonde.

— Mais oui, monsieur et il sera content, répliqua la compagne du fin voleur.

— C'est ce qu'on verra; en attendant, s'il se laisse attraper ou s'il ose seulement venir au château, je cours lui préparer quelque chose de ma façon dont il se souviendra même en enfer.

— Allez, monsieur, allez et soyez plus heureux !

Pourtant le fin voleur n'était pas à son aise et toute la journée il se frappa le front, ne sachant comment arriver à son but. Le soir seulement il avait trouvé. Il se mit alors à fabriquer tranquillement un bonhomme de paille qu'il habilla de ses habits qu'il coiffa de son chapeau, puis, la nuit étant complètement venue, se faufilant le long des sentiers, derrière les haies et les buissons, il arriva ainsi jusqu'auprès du château du seigneur où il cacha son mannequin.

Vers minuit la lune éclairait dans son plein; le fin voleur crut l'instant arrivé. Il appuya une échelle contre le mur du château et poussa devant lui le bonhomme de paille.

Le seigneur veillait. Pensant voir apparaître le fin voleur, soit par la porte soit par la fenêtre il avait chargé son fusil et attendait patiemment.

Tout à coup il crut voir son homme. Vite il saute hors du lit et se cache dans un coin de la chambre. La tête du mannequin paraissait et disparaissait.

— Ha ! ha ! dit le seigneur, si le fin voleur se montre encore une fois son affaire est réglée.

La tête du bonhomme de paille paraît à la fenêtre; ses yeux semblent explorer la salle.

— Pan ! pan !

La tête du bonhomme de paille paraît à la fenêtre ; ses yeux semblent explorer la salle.

Et deux coups de fusil partent en même temps.

— Aïe ! aïe ! gémit le fin voleur, mon Dieu, je suis tué !

Et lourdement il laissa tomber son Sosie.

— Femme, femme ! s'écrie le seigneur, le fin voleur est mort. Vite allons l'enterrer et la justice n'en saura rien.

La femme se lève, s'habille et descend avec son mari dans le jardin.

Avec une pioche ils creusent une fosse et y mettent le bonhomme de paille.

Pendant ce temps, le fin voleur monte dans la chambre, s'empare des draps du lit, en fait un paquet et disparaît aussitôt.

Le châtelain et son épouse ne tardèrent pas à remonter. Qu'on se figure leur stupéfaction à la vue de leur couche sans draps.

— Ah ! pauvres que nous sommes, se dirent-ils, le fin voleur s'est bien moqué de nous !

Le lendemain, le seigneur monta sur son cheval et courut chez Pornic.

Celui-ci le vit de loin et dit à sa femme :

— Mon amie, fais la morte et ne bouge pas ; tu ne reviendras à la vie que lorsque je jouerai cet air. Et le fin voleur siffla une chanson.

— Bien, dit celle-ci, ne crains rien, tu seras satisfait.

Quand le seigneur frappa à la porte, le fin voleur riait, chantait et buvait de grands verres de liqueur.

— Pan ! pan ! pan ! fit de nouveau le châtelain.

Pornic alla ouvrir.

— Ah ! je te trouve enfin, maudite peste, que fais-tu donc à hurler ainsi ?

— Aujourd'hui je suis veuf et je ris un brin en attendant que ma femme ressuscite.

— Alors tu riras longtemps mon pauvre fin voleur !

— Et pourquoi donc?

— Parce qu'elle ne reviendra jamais à la vie.

— Eh bien! c'est ce qui vous trompe : je possède un sifflet qui a la vertu de faire revenir les morts.

— Ah bah ! que contes-tu là ?

— Rien que la vérité.

— Voyons donc cela.

— Non, non, laissez-moi rire et chanter; d'ici quelques jours je songerai à elle.

— Mais est-ce bien vrai, ta femme est bien morte ?

— Voyez plutôt; vous pouvez vous en assurer.

Le seigneur leva les bras, les pieds, la tête de la rusée, tout retomba lourdement sur le lit.

— Tu as raison, répondit-il, mais ton sifflet ne peut la faire revenir.

— Vous êtes si difficile à convaincre que je vais vous le prouver à l'instant. Attendez!

Et le fin voleur se mit à siffler, siffler...

— Tu vois ton impuissance ! ta femme ne reviendra plus.

— Ne vous impatientez pas, je vous prie; attendez encore un instant.

Et le fin voleur sifflait, sifflait. Tout à coup il modula l'air désigné.

La morte poussa un léger soupir, leva le bras, ouvrit les yeux, puis enfin se leva de son lit.

— Ah ! quel miracle, quel miracle ! s'écria le seigneur enthousiasmé. Pornic, il faut me vendre ton sifflet !

— Jamais ne m'en déferai; je ne le donnerai ni pour or ni pour argent.

— Je t'offre cent écus.

— Non.

— Je t'en offre mille.

— Non, non, jamais vous ne l'aurez.

— Voyons, mon cher ami, si je t'en donnais dix mille, y voudrais-tu consentir ?

— Puisque vous y tenez tant, je vous donne ce petit sorcier; mais, vraiment, j'ai peine à m'en séparer.

Le seigneur compta les dix mille écus, partit aussitôt pour son château et fit part à sa femme de son heureux marché.

— Ah! mon pauvre mari, que tu es donc innocent! s'écria celle-ci, et faut-il jeter ainsi son argent par la fenêtre ?

— Vraiment, ma belle, vous êtes folle de parler de la sorte ; ce sifflet enchanté ressuscite les morts, vous ai-je dit.

— Je n'en crois rien.

— Eh bien ! je vais vous convaincre.

Et le châtelain prit un gros bâton et en caressa si rudement les épaules de l'infortunée, que celle-ci, couverte de blessures et poussant d'épouvantables cris de douleur, ne tarda pas à tomber morte aux pieds de son bourreau.

Le châtelain s'assit enfin tranquillement sur un grand fauteuil et se mit à jouer de son sifflet.

La morte ne revenait pas.

Il siffla, siffla encore, siffla toujours jusqu'au soir, mais tout fut inutile. Désespéré d'avoir commis un si grand crime, le malheureux s'aperçut alors qu'il avait une fois de plus été le jouet de Pornic, de Pornic le rusé voleur.

Cette fois pourtant la farce était trop forte et le seigneur résolut de se venger.

Le lendemain, il courut trouver le fin voleur qui était devant sa porte, donnant de grands coups de fouet autour d'un chaudron rempli d'eau.

— Méchant voleur, misérable assassin, tu as pris ma farine, tu as pris ma vache et mes draps, et ton sifflet maudit m'a fait tuer ma femme; l'heure est venue où tu dois expier tous tes crimes!

— Comment, mon maître, votre femme n'est donc point ressuscitée aux accents du sifflet merveilleux?

— Non, et bientôt je vais l'enterrer.

— Ah! c'est qu'alors le diable n'a point voulu s'en séparer, il l'a trouvée bonne pour l'enfer.

— Que dis-tu là?

— Votre femme était-elle bavarde?

— Oui.

— Était-elle coquette?

— Parfaitement.

— Était-elle médisante?

— Cela est vrai.

— Et vous pensiez que mon sifflet allait la ressusciter? Vraiment vous me faites rire, sa puissance ne va pas jusque-là.

— Que fallait-il donc?

— Il fallait que votre épouse fût simple, douce, bonne, discrète, qualités qu'elle ne possédait point.

— Ah! je comprends, mais pourquoi ne m'as-tu pas averti?

— Je croyais vraiment que la belle châtelaine avait toutes ces vertus.

— Hélas! tu t'étais trompé. Mais dis-moi, que faisais-tu avec ce fouet?

— Je m'occupais à faire cuire ma soupe.

— Comment cela?

--- Vous le voyez, en frappant sur ce chaudron.

— Cela me paraît étrange, et je veux voir si tu dis vrai.

Le seigneur leva le couvercle du chaudron ; la soupe bouillait, bouillait que c'était un plaisir à voir.

— Mon ami, ma femme étant morte, je dois faire mon ménage et préparer mon dîner ; jamais je n'ai su allumer de feu : vends-moi ton fouet.

— Combien me le payez-vous?

— Cent pistoles.

— Non.

--- Cinq cents.

--- Je ne veux pas négocier avec vous ; tenez, emportez-le. Le châtelain compta la somme promise et repartit en chantant. Jamais il n'avait été si heureux.

Le seigneur était à peine hors de vue que le fin voleur éteignit aussitôt le feu qui était sous le chaudron.

— Ah! ah! se dit-il, le pauvre innocent ne s'est point aperçu que ma soupe était sur un trou rempli de braise. Ah! quel bon tour je lui ai joué!

Et tout joyeux il s'en alla conter l'histoire à sa femme.

Le seigneur pourtant était arrivé chez lui et la première chose qu'il fit ce fut d'essayer son fouet merveilleux.

Il remplit une marmite d'eau et se mit à frapper, frapper. Pendant deux heures il prit ainsi de l'exercice, mais sans aucun résultat. L'eau ne voulait point bouillir.

De nouveau il s'aperçut que le fin voleur s'était moqué de lui.

— Oh! le misérable, je serai sans pitié, et cette fois il faudra bien qu'il meure!

En effet, Pornic fut pris le lendemain; les serviteurs de l'infortuné châtelain lui lièrent les mains et les pieds, puis le mirent dans un sac pour être jeté à la rivière.

Ils étaient en chemin lorsque, sur la route, maître et domestiques rencontrèrent une auberge.

— Le sac est lourd, dit l'un de ces derniers en voyant la buvette, un peu de repos ne ferait point de mal.

— Eh bien! dit le seigneur, entrons ici nous rafraîchir et jetez là ce méchant brigand.

Pornic criait et blasphémait. Un marchand passa.

— Qu'as-tu donc à gémir ainsi dans ce sac? lui demanda-t-il plein de pitié.

— Malheureux que je suis, je vais être jeté à l'eau parce que je ne veux pas épouser la fille du roi!

— Mon ami, tu es bien sot! je l'épouserais bien, moi, si tu veux me donner ta place.

— J'y consens volontiers; délie ce sac et fais vite, car on va venir me chercher.

Le fin voleur fut bientôt délivré, et le marchand prit sa place.

— Quand on te soulèvera, dit Pornic, tu n'auras qu'à dire : « Messieurs, je consens, » et tout sera dit.

— Merci, merci, dit le marchand; jamais je n'oublierai ce service.

Le châtelain et ses serviteurs ne tardèrent pas à revenir.

Ils soulevèrent leur homme et, de nouveau, se remirent en route.

Arrivés sur le bord de la rivière, ils l'entendirent crier :

— Messieurs, je consens ! messieurs, je consens !

— Cela me fait bien plaisir, répondit le seigneur ; va cette fois t'amuser là-dedans !

Et paf ! le sac est jeté à l'eau. Le pauvre marchand fut noyé.

Le lendemain, allant à la chasse, le châtelain fut fort étonné de rencontrer le fin voleur.

— Comment, tu es encore en vie ?

— Ah ! mon maître, combien ne vous dois-je pas de m'avoir jeté dans la rivière. Jamais je ne pourrai m'acquitter envers vous.

— Explique-moi donc cela, coquin.

— Figurez-vous que le fond de cette rivière est tout pavé d'or et de diamants, de rubis, de topazes, d'escarboucles et de mille autres pierres précieuses. Comme j'avais un couteau sur moi, vite j'ai coupé mon sac ; et en un instant je me suis enrichi.

— Quelle trouvaille tu as fait là, mon ami, c'est un vrai trésor que tu as découvert. Dis-moi, veux-tu me rendre un service ?

— Parlez.

— Tu vas m'enfermer aussi dans un sac et me jeter au même endroit.

— Vraiment, seigneur, vous ne le mériteriez guère, mais devenons bons amis ; tenez, je veux vous contenter !

Le fin voleur mit le châtelain dans un sac solidement noué et ficelé, puis, souriant en lui-même, alla le jeter à la rivière. Je ne sais s'il y découvrit le trésor qu'il cherchait.

Ce nouvel exploit de Pornic mit toute la justice à ses trousses. Ne trouvant plus aucun repos, il fut obligé de changer de pays.

Un jour, il frappa à la porte d'un évêque.

— Que voulez-vous, mon brave homme?

— Je suis un pauvre malheureux qui voudrait bien entrer chez vous comme domestique.

— Je n'ai besoin de personne, sinon pour garder mes vaches.

— Justement j'ai été berger; et si vous voulez m'accepter, je m'acquitterai bien de mon emploi.

— Combien me demandes-tu?

— Je ne veux rien autre chose que manger et dormir.

— Eh bien! j'accepte, dit l'évêque, heureux d'avoir trouvé un pareil domestique.

Durant les premiers jours, le fin voleur soigna du mieux qu'il lui fut possible les vaches de son maître, et, par excès de zèle, se fit même donner la charge des chevaux.

Il se couchait de bonne heure, n'oubliant jamais surtout de faire tout haut et de manière qu'on l'entendit une longue prière qu'il adressait à Dieu le père, à Dieu le fils, à la Vierge et à tous les saints du Paradis.

Le bon évêque était enchanté; un jour il lui demanda :

— Mon ami, comment t'appelles-tu?

— Ah! monseigneur, permettez-moi de ne pas vous répondre.

— Et pourquoi cela?

— Je vous en supplie...

— Mais enfin, tu peux bien me dire ton nom!

— C'est qu'il est si laid, si laid que je n'ose jamais le prononcer.

— Voyons, courage, dis toujours.

— Eh bien! puisque vous le voulez, je m'appelle : J'ai-une-Paille-dans-l'Œil!

— En effet, dit l'évêque, ton nom est bien étrange.

Quelques jours après, la sœur de son Éminence dit à son tour :

— Vous êtes à la maison depuis une semaine et je ne sais pas encore votre nom, comment vous appelle-t-on?

— Si je ne vous l'ai pas encore dit, c'est que je n'osais, ma digne maîtresse.

— Comment, vous n'avez pas osé?

— C'est la vérité.

— Et pourquoi, je vous prie?

— Parce que vraiment il est trop drôle.

— Allez, dites-le-moi toujours.

— Je m'appelle Ça-me-Démange!

— Ha! ha! ha! fit la vieille demoiselle qui ne pouvait se tenir de rire, mes meilleurs compliments, mon ami, vous avez là un nom à faire de l'or.

— C'est bien possible, répondit le fin voleur d'un air malin.

Bien entendu la mère de l'évêque ne manqua pas de demander à son tour.

— Mon garçon, comment vous appelez-vous?

— Je me nomme Dominus Vobiscum.

— Qui donc vous a affublé d'un nom pareil?

— Je crois apparemment que c'est mon père.

Le rusé voleur en était au point qu'il désirait.

Aussi le soir même, il descendit à l'étable, enleva trois vaches et un beau cheval et vite alla pour les vendre à la foire voisine.

Malheureusement on connaissait les bonnes bêtes de l'évêque et le pauvre Pornic fut traqué par les gendarmes.

Il fuyait, fuyait toujours devant lui quand il rencontra une église. A l'instant il entre dedans et se cache dans un coin. Mais vraiment il n'eut point de chance ce jour-là, l'évêque son maître était à l'autel tandis que sa mère et sa sœur l'écoutaient pieusement avec les autres fidèles.

La vieille fille aperçut bientôt le fin voleur.

— Maman, maman, dit-elle tout bas, Ça-me-Démange!

— Gratte-toi, mon enfant.

La demoiselle rougit; mais bientôt, n'y pouvant plus tenir, elle dit de nouveau :

— Maman, maman, Ça-me-Démange!

— Reste donc tranquille; si ça te démange tu peux te gratter!

Cette fois la pauvre enfant baissa les yeux et se le tint pour dit.

Mais à son tour la mère de l'évêque aperçut son ancien domestique.

Se tournant vers son fils.

— Dominus Vobiscum! Dominus Vobiscum!

— Taisez-vous, ma mère, seul je dis la messe en ces lieux.

— Dominus Vobiscum! te dis-je.

— Ma mère, ne soyez pas un objet de scandale; j'ai dit de vous taire!

A son tour, la pauvre femme se tut.

Bientôt après, au moment où il se retournait vers les assistants, l'évêque vit aussi le rusé voleur. Furieux d'avoir été sa dupe il se mit à crier du haut de l'autel :

— J'ai-une-Paille-dans-l'Œil! J'ai-une-Paille-dans-l'Œil!

Tout le monde éclata de rire. On crut le pauvre homme

devenu fou, et chacun entoura le malheureux qui criait toujours :

— J'ai-une-Paille-dans-l'Œil !

Profitant de ce tumulte, le fin voleur se sauva de l'église ; mais à la porte étaient les gendarmes qui l'attendaient.

A l'instant il fut pris et solidement garrotté.

L'évêque réussit pourtant à expliquer à ses ouailles que « J'ai-une-Paille-dans-l'Œil » était le nom de son ancien domestique qui l'avait si indignement volé.

Le procès de Pornic fut vite instruit, et comme voler les gens d'église était à cette époque un grand sacrilège, le fin voleur fut, séance tenante, condamné à être brûlé tout vif.

De tous côtés on apporta de la poix dont on couvrit le malheureux, et lorsqu'on le mit sur le bûcher on entendit au milieu des flammes la voix déchirante de Pornic qui disait :

— Ma mère, ma mère, vous aviez bien raison de ne pas vouloir me laisser prendre le méchant métier de fin voleur !

www.ingramcontent.com/pod-product-compliance
Ingram Content Group UK Ltd.
Pitfield, Milton Keynes, MK11 3LW, UK
UKHW022338120726
13694UKWH00004B/1615